Coleção Fantasias Eróticas

Vol. 1

Erika Sanders

Coleção Fantasias Eróticas

Érika Sanders

Series

Coleção Fantasias Eróticas Vol. 1

Sinopse

Este livro consiste nas seguintes fantasias:

1 – Fantasia no Parque

2 – Mulher Casada e Insatisfeita

3 – Pai do meu Namorado

4 – Fantasia com Estranhos

5 – Infidelidade com Maduro

Coleção Fantasias Eróticas, uma série de romances com alto conteúdo romântico e tabu erótico.

(Todos os personagens têm 18 anos ou mais)

Erika Sanders é uma escritora de
renome internacional, traduzida para
mais de vinte línguas, que assina os seus
escritos mais eróticos, longe da sua
prosa habitual, com o seu nome de
solteira.

Índice:

COLEÇÃO FANTASIAS ERÓTICAS
ERIKA SANDERS

FANTASIA NO PARQUE

Era sábado e geralmente não tem ação na minha Colônia, então resolvi dar uma volta no parque da vizinha Colônia, para ver que pescaria havia, já que aquele parque tinha fama de que você pode pescar lá com muita facilidade .

Me vesti de forma muito sexy e sedutora e me preparei para ir em direção ao parque, era um pouco longe para caminhar então pedi um Uber.

O motorista já me conhecia porque eu já havia solicitado serviços dele, então sentei-me com segurança no banco do passageiro da frente.

Pedi a ele que me levasse ao parque e começamos a conversar. A verdade é que eu estava super sexy, quase irresistível he he , então o garoto começou a falar de um jeito meio estranho, teve um momento que ele se empolgou e colocou a mão na minha perna, pois eu estava de saia, porque minha meia-calça podia ser vista. .

Então ficamos conversando, ele já queria passar a mão em mim e para provocá-lo abri um pouco as pernas, ele começou a acariciar meu sexo por cima da minha calcinha... Mas isso é outra história, termina aqui porque já havíamos chegado no parque então eu desci, eu ia pagar ele, mas ele recusou, ele me avisou da próxima vez. Se você quer saber o que acontece a seguir, não perca esta série de fantasias eróticas.

Comprei um sorvete delicioso e comecei a dar uma volta pelo parque para me deixar ver e ver se conseguia alguma coisa.

Andei assim por um tempo até que um homem maduro se aproximou de mim e começou a conversar comigo. Você já sabe que meu delírio é dos maduros, então aceitei de bom grado.

Estávamos conversando muito divertido, de repente ele me perguntou minha idade, e eu disse que tenho 19 anos. Realmente pareço mais velho, pois sou muito desenvolvido, desde os 13 já despertei paixões baixas, mas vou conte a ele sobre isso mais tarde.

Com voz tímida e olhar sedutor perguntei a ele, quantos você tem? 23 responderam.

Fiquei surpreso porque a aparência dele mostra claramente que ele é um homem mais velho, pelo menos 60 anos, já contei como? Você parece um pouco mais velho.

Ele sorrindo maliciosamente me disse 23 cm... ele ele ...

Fiquei todo vermelho, nervoso e engoli saliva assim que consegui dizer ah!

O cara engraçado ficava me provocando e me olhando diretamente nos olhos e se perguntava descaradamente, de quantos de vocês você gosta?

Fiquei vermelho de novo e ainda mais nervoso, mas tentei esconder e disse a ele: "Na verdade, gosto de gente mais velha", falei, um pouco sedutora.

Ele sorriu divertido e me disse, o que você acha se formos ao cinema, estão passando um filme muito bom, sorrindo maliciosamente, aceitei prontamente e seguimos em direção ao cinema que ficava ali perto.

O cinema só passa filmes pornôs, eu já sabia disso porque uma vez fiz uma escapadinha com alguns amigos do Cole, mas vou contar isso mais tarde, em outra publicação.

Já se sabe que nesses cinemas o local é quase totalmente escuro, mal se percebem as placas iluminadas dos banheiros, por isso se presta a todo tipo de manobra se você tiver disposição.

E é claro que eu estava pronto para isso.

Não demorou muito para o homem colocar um braço atrás de mim, me aproximei dele e, beijando delicadamente minha bochecha, ele começou a acariciar meus seios. Isso me deixou muito nervoso, e olhei para todos os lados para verificar se ninguém estava nos vendo, na verdade ninguém conseguia nos ver naquela escuridão, então tentei relaxar e me deixar fazer isso.

O homem conseguiu tirar meus seios da roupa e começou a chupá-los. Imediatamente meus mamilos se levantaram e ficaram super duros, o que ele percebeu imediatamente e me apalpou cada vez mais e me chupou de um jeito que eu já estava super excitada.

De repente ele colocou a mão na minha perna e como já contei, por causa da saia pequena que eu estava usando, minhas pernas e calcinha puderam ser vistas. Imediatamente e automaticamente, abri as pernas e me ajustei para que ele pudesse se divertir.

Ele começou a me apalpar, e assim que senti seus dedos esfregando meu sexo, não resisti, abri mais as pernas e agarrei seu pau por cima da calça e comecei a acariciá-lo muito bem.

Ele colocou a mão no meu sexo e notou como eu já estava toda molhada, ele se excitou e enfiou os dedos em mim o máximo que pôde, tive que ficar de pé para facilitar a manobra dele, quando senti ele tocar meu clitóris , ficou duro e bem de pé esperando receber mais, fiquei super excitada, me abaixei em direção a ele e comecei a chupar seu pau, ele também já estava muito excitado, senti como ele foi crescendo a cada chupada minha, percebi que os 23 cm que Ele me disse não eram mentiras.

As coisas já estavam piorando, quando de repente ela pegou minha mão e tirou do pau dela, tirou a mão do meu sexo e com voz suave, mas parecia super excitada, vamos lá ela me disse.

Eu imediatamente soube o que iria acontecer e sem esperar que ele me repetisse, não me incomodei e me levantei e saímos de lá.

Atravessamos a rua e fomos imediatamente para um pequeno motel que ficava perto do cinema.

Sem dizer uma palavra nos despimos e sem perder tempo ataquei-o e me preparei para continuar com a chupada de pau que estava dando nele no cinema, ele me agradeceu abrindo minhas pernas e colocando seu rosto entre meu sexo, que a essa altura eu estava super molhado, meu clitóris estava molhado e em pé com saudade de ser provado por uma língua.

Fizemos 69 por vários minutos até minha puta, subi em cima do pau dele e com um puxão coloquei os 23 cm de pau que ele havia me prometido, quase gozei de excitação e tesão que me enchia.

Então passamos um bom tempo fodendo em várias posições, quando percebi que ele ia gozar, imediatamente fiquei de quatro de costas para ele e como a verdadeira puta que sou, ofereci-lhe descaradamente meu cuzinho.

Ele não hesitou um segundo, me encheu de saliva e só de sentir sua enorme cabeça entrar em mim, soltei um gemido de dor, tesão, excitação e comecei a me mover como uma louca, provocando-o e implorando por mais pau.

Ele não teve mais piedade de mim e enfiou o resto do seu pau que ficou do lado de fora na minha bunda. Isso me fez gritar de dor, mas em vez de fugir, apertei minha bunda e comecei a me mover descontroladamente. Ficamos assim por um tempo até que me fez gozar tremendamente, quando ele percebeu isso, não aguentou mais e gozou dentro de mim me enchendo toda com seu leite fervendo.

Foi a primeira vez que engoli um pau de 9 polegadas , e prometo que não foi a última vez nem o último pau grande que comi.

MULHER CASADA E INSATISFEITA

Sou uma dona de casa modelo, jovem, bonita, sexy, de corpo bonito, casada e infiel, aquele tipo de garota que todo casado sonha.

Mas acontece que meu marido também é muito jovem, mas é, sem experiência nenhuma. E não estou interessado em ensinar nada a ele. Então somos casados, mas nada sobre sexo e a verdade é que, graças ao meu pai, tenho plena certeza que nasci para isso, para fazer sexo, para foder como um louco, e a verdade é que realmente não me importo quem, A questão é foder e dar prazer ao corpo, ufff.

Chegou o momento em que meus amigos da escola começaram a me chamar de Garota Aleatória por causa da quantidade de coisas que tinham acontecido comigo, a maioria delas sobre sexo.

Uma vez fui ao cinema com meu marido, estava meio cheio e um pouco escuro, então não conseguimos ver bem se havia lugares para nós, então ficamos encostados no barzinho que fica de frente para o corredor ao fundo do os assentos.

Éramos assim, quando de repente um cara começou a me esfregar por trás, com certa dissimulação, para que meu marido não percebesse. Eu também não queria dizer nada para que ele não descobrisse.

Então por muito tempo depois de ele ficar esfregando o pau entre as minhas pernas, como eu não falei nada, ele se excitou e começou a acariciar minhas nádegas disfarçadamente, por cima do meu vestido.

Quem me acompanha há muito tempo sabe que sempre saio vestida super sexy, para o que for oferecido, claro. Seja com saia curta e blusa com decote. Ou como desta vez, um vestido curto e justo com decote. O tecido do meu vestido me permite tocar em você e sentir que você está quase tocando meu corpo, esse tecido é tão rico, por isso adoro usar vestidos assim.

Pois bem, imagine o que o menino sentiu quando me apalpou, ele quase conseguia sentir meu corpo em todo o seu esplendor.

Naquele momento meu marido me disse que tinha um lugar desocupado, que eu deveria ir sentar, eu falei para ele, não se preocupe, estou bem aqui, é melhor você ir até ali, e ele foi.

O menino entendeu que eu ia deixar ele continuar me tocando e suas carícias começaram a ficar cada vez mais ousadas, e como a boa puta que sou, ele deixou.

Levantei meu vestido até que minhas nádegas e calcinhas nuas estivessem visíveis. Ele começou a acariciá-los, com muito tesão. Quando ele ficou com muito tesão, ele tirou o pau e, pelado, encostou em mim, me pegou pela cintura e começou a esfregar no meio da minha bunda.

Como era delicioso aquele pau quente e latejante entre minhas nádegas, e ele também se encostou em mim e me esfregou muito bem. Pouco depois, ele separou minha calcinha e começou a esfregar o pau diretamente no meu sexo, momento em que eu já estava super molhada.

Me virei em direção a ele e me inclinei
de costas para a bardita , coloquei minha
calcinha de lado, peguei seu pau e eu
mesma comecei a esfregar meu sexo
com seu pau.

Não demorou muito, quando o menino
tirou meus peitos do vestido e começou
a chupá-los, meus mamilos ficaram
super duros e bem posicionados, isso é
sinal de que já estou com muito tesão,
nesse ponto tudo, absolutamente tudo é
valeu a pena para mim, mãe.

Peguei o pau dele e coloquei no meu
sexo, agarrei sua cintura e puxei ele para
mim, num sinal claro de que ele deveria
colocar em mim. Ele não esperou muito,
me puxando pela cintura e se abaixando
um pouco, meteu todo o pau no meu
sexo, que já estava completamente
molhado, então não foi difícil para ele
colocar.

Aquilo foi uma delícia, o sexo proibido é o melhor e não se compara a nada, imagina, foder no cinema, cheio de gente, com meu marido por perto, e o rapaz com um pau gostoso, enorme, grosso e cabeçudo, só o do jeito que eu gosto deles, do jeito que meu pai se acostuma com eles.

Ficamos assim apenas alguns minutos, o menino me fez terminar de esguichar, fiz um esforço tremendo para não gritar, embora saíssem alguns gemidos de prazer, de tesão, de febre, me agarrei ao menino, me apertando com força contra seu pau e isso foi o suficiente. de modo que liberou enormes jatos de leite. Não aguentei mais ficar de pé, minhas pernas dobraram e me ajoelhei na frente dele, aproveitei aquele momento para chupá-lo bem gostoso e limpá-lo direitinho, como deve ser...

No momento em que o menino saiu, meu marido voltou porque estava prestes a

terminar o filme e nos abraçamos para
pegar o ônibus para nossa casa.

PAI DO MEU NAMORADO

PAI DO MEU NAMORADO

Naquele dia eu estava um pouco
animada, o que é muito estranho porque
sempre tenho muito ha ha , então resolvi
visitar meu namorado e fazer uma
surpresinha para ele. Para chegar em
casa. Bati e o pai dele abriu para mim.
Olá amor, ele me disse, entre, meu filho
não está aqui, mas logo estará de volta.
Passei com total confiança porque ele já
me conhecia desde o ensino médio, fora
isso eu tinha muita confiança nele e
sabia que ele me valorizava muito.

Fui até a sala e fiquei surpreso ao ver
que ele estava bebendo com um amigo
dele, não sei por que presumi que ele
estava sozinho. O fato é que eu disse olá
e eles me sentaram no meio dos dois,
como sempre, minha saia subiu e
mostrou minhas coxas lindas, e como
sempre, não fiz nada para abaixar a saia,
entre outras coisas, adoro isso os
homens me veem e se forem maduros,

melhor. E naquele momento eu estava sentada entre dois homens maduros com a saia até as coxas.

Aparentemente eles não deram importância a isso e me disseram que estavam assistindo um filme pornô, que se eu quisesse ver ou eles mudariam. Isso realmente não me incomodou , então eu disse a ele que estava tudo bem, não era problema para mim.

Eles me ofereceram uma bebida e eu aceitei, senti que a bebida que me deram era um pouco forte, mas aos 18 anos eu não ia agir como um idiota, então não falei nada e bebi. A verdade é que não bebo muito álcool e essa bebida me deixa tonto quase imediatamente. O pior é que me ofereceram outro e novamente aceitei e novamente fiquei tonto.

Não falei nada, fiquei olhando para a tela, o filme já tinha esquentado muito, eram dois homens mais velhos curtindo uma novinha. Naquele momento me dei conta, eu estava sozinha com dois homens mais velhos!!! e a bebida, a verdade é que eu já estava ficando com tesão, fiquei com um pouco de vergonha de me sentir assim ao lado daqueles homens e um deles era o pai do meu namorado. Fiquei um pouco nervoso. Me senti pior quando o pai do meu namorado colocou o braço atrás dos meus ombros, chegou um pouco mais perto e me disse que eu já estava muito bonita. Por mais envergonhado que estivesse com o álcool e com o tesão que sentia, só consegui encostar a cabeça no encosto do sofá e olhando nos olhos dele agradeci. Ele pegou meu rosto com uma das mãos, eu estava super nervosa, porque além de tudo, aquele homem sempre me pareceu muito atraente apesar da idade. Os dois homens provavelmente tinham cerca de 60 anos, se não mais. Eu não sabia o que fazer e a única coisa que consegui pensar foi em fechar os olhos ao sentir sua mão enorme no meu rosto, era quente, muito delicioso.

O homem ousou e deu um beijo tremendo na minha boca, o que me pegou de surpresa, fiquei super nervoso, não sabia o que fazer, fiquei muito quieto quando para minha surpresa, abri a boca para ele me beijar à vontade. , e não só isso, mas eu dei minha língua para ele, você sabe o que isso significa, significa que você está com tesão e que se entrega a ele para o que ele quiser.

Bem, o que ele queria era enfiar a mão por baixo da minha blusa e acariciar meus seios. Você já sabe como fico quando alguém toca meus seios. Imediatamente meus mamilos pararam e ficaram super duros. Ele percebeu e sabia que este era o sinal para o próximo passo. O próximo passo foi que ele começou a chupar meus mamilos. Ao invés de me afastar dali, vendo o quão perigoso isso já estava ficando e meu namorado não vinha, só consegui separar as pernas e colocar a mão em sua enorme protuberância que já era visível por baixo da calça.

Ele aceitou minha entrega e começou a colocar a mão entre minhas pernas, só consegui separá-las mais. Vendo isso, a amiga se animou e começou a chupar meus mamilos também. Isso realmente me excitou, ter dois homens mais velhos colocando as mãos em mim e chupando meus mamilos, um de cada lado, não é algo para ficar parado, isso principalmente me deixa louco. Então, sem pensar, coloquei a outra mão no pênis do outro homem e comecei a acariciar os dois. Eles imediatamente baixaram as calças e tiraram os paus para que eu pudesse acariciá-los ao meu gosto, o que fiz sem nenhum problema.

Os safados tinham paus enormes, grandes, grossos e cabeçudos, do jeito que eu gosto e me preparei para apreciá-los, tocando cada um deles com cada mão, enquanto eles continuavam se entregando chupando meus mamilos. Se você imaginar aquela cena, vai entender que eu já estava com mais que tesão. O pai do meu namorado sentou no braço do sofá e me ofereceu seu pau enorme, que eu imediatamente aceitei sem pensar, fiquei de quatro no sofá e me apoiei naquele pau lindo e comecei a chupá-lo, fora, ficou gostoso, enorme , quente e me excitou como latejava dentro da minha boca. O outro homem aproveitou e ficou embaixo de mim, tirou minha calcinha e começou a lamber meu sexo, que a essa altura já está super molhado. O homem teve prazer em chupar meu clitóris e beber meus sucos. Eu já estava mais do que preparado para o que estava por vir.

Eles se levantaram da posição em que estavam no sofá e o pai do meu namorado deitou-se de costas num sinal claro de que eu deveria montá-lo e assim o fiz. Me acomodei na barriga dele e, pegando seu pau, coloquei no meu sexo e de uma só vez coloquei até as bolas, fiquei frenética e comecei a me mexer como uma louca, como eu amei aquele pau, era enorme, quente, Eu preenchi tudo. O outro homem se aproximou de mim por trás e levantou minhas nádegas, ele me encheu de saliva por trás e sem dizer água, enfiou seu pau enorme no meu cu, eu gemi de dor, ele tirou um pouco, ajustou para mim melhor e comecei a mexer minha bunda, esse foi o sinal para ele colocar tudo em mim por trás de uma só vez. Eu gemi, suspirei e me movi como um louco. Você pode imaginar como é ser trancado na frente e atrás por dois lindos paus de dois garanhões maduros? Esse é um sonho para qualquer estudante gostosa. E naquele momento eu já estava fazendo acontecer. Assim você entenderá toda a luxúria que estava presente naquele momento. Eu estava desenfreado, movendo-me como a verdadeira puta que sou, e não tenho vergonha de admitir isso. De todas as amigas da minha escola, sou a mais vadia e adoro isso. E todo mundo sabe disso.

Houve um momento em que os dois homens trocaram de posição e se chocaram novamente contra mim, fazendo com que eu me sentisse a mulher mais feliz do mundo naquele momento. Não só é preciso saber ser puta e se entregar a qualquer um, como também é importante saber curtir uma boa foda, e naquele momento eu estava curtindo duas excelentes fodas ao mesmo tempo.

Não aguentei mais e gozei tremendamente espirrando por todo lado. Vendo isso, os dois homens atacaram com mais força até terminarem dentro de mim, um pela frente e outro por trás, me enchendo de leite fervendo dos dois lados. Fazer seu homem gozar é uma fonte de satisfação para um, mas fazer dois homens gozarem dentro de você ao mesmo tempo não tem preço.

Bom, meu namorado nunca chegou e eu fiquei agradecida por isso, teria odiado se tivessem nos interrompido naquela tremenda foda dupla.

Claro, aquelas visitas à casa do meu namorado quando ele estava fora se repetiram muitas vezes.

FANTASIA COM ESTRANHOS

Certa vez, meu namorado me convidou
para ir à casa dele para um encontro
com amigos, algo que era muito comum
e que fazíamos regularmente, e que
prontamente aceitei.

Geralmente nessas reuniões, em
determinado momento, meu namorado
e eu saímos para dar uma trepada rápida
e depois voltamos para a reunião. Todos
sabiam disso e quase todos fizeram o
mesmo.

Naquela ocasião, o que me surpreendeu
foi que só havia meninos, não havia
mulheres e todos eram estranhos para
mim. Mesmo assim, não disse nada e
começamos a beber e a conversar
agradavelmente.

A certa altura, eles tocaram uma música suave, muito bonita, meio tesuda, como aquela que você ouve quando começa a foder.

O fato é que ninguém dançava porque eram homens puros. De repente, meu namorado me pediu para dançar um pouco para eles, para animar o encontro, pelo que todos aplaudiram, comemorando a ideia, e eu simplesmente me preparei para dar um show para eles.

Ela estava com um vestido curto e justo, daqueles que eu adoro, e esse em especial me deixou super sexy, super linda, super tesuda e super vadia. Essa é a ideia de usar um desses vestidos nas reuniões.

Diminuíram um pouco as luzes e eu comecei a me movimentar muito sensualmente, desde menina me desenvolvi muito bem, mas agora, aos 18 anos, eu tinha um corpo espetacular, e um rosto angelical e inocente, com um sorriso e um olhar isso derreteu todo mundo. qualquer.

Então eu fiquei andando um pouco sozinho, de repente um menino apareceu e agarrou minha cintura por trás, ele começou a se mover no meu ritmo, os outros comemoraram com aplausos e assobios. Senti como ele voltou para mim por trás, puxando-me para aquele que estava preso pela cintura. Imediatamente eu o senti parar e ele me deu entre minhas nádegas. Levantei-me com minha bunda e me movi de forma mais sexy, esfregando discretamente seu pau, é claro. No entanto, todos notaram meu movimento.

Isso deu coragem a outro garoto e ele se juntou a nós naquela dança erótica. Ele ficou na minha frente e, me pegando pela cintura, me aproximei dele e ele também começou a esfregar meu pau pela frente. Isso enlouqueceu as outras crianças, que não paravam de comemorar e aplaudir.

Eu já estava começando a ficar com tesão, com aquela música, aqueles caras me esfregando com os paus, eu não percebi nem sabia como, mas de repente eu já estava tocando cada um dos paus deles, uma mão na frente e outra atrás.

Eles começaram a me apalpar mais descaradamente para alegria dos outros meninos. Um deles levantou meu vestido, expondo minhas nádegas, e começou a acariciá-las com tesão. O outro que estava na frente pegou meus peitos do bar e começou a acariciá-los e chupá-los. Imediatamente meus mamilos se levantaram e ficaram super duros, como sempre fazem quando alguém me toca, sinal de que gosto e que já estou com tesão.

Quase sem pensar, coloquei minha mão dentro das calças de ambos, e quase imediatamente eles tiraram as calças, revelando seus paus, então comecei a acariciar os dois com muito tesão.

Outro garoto se aproximou e começou a colocar a mão entre minhas pernas, tocando meu sexo. Ele imediatamente percebeu que eu já estava super molhada, por causa do tesão que fiquei. Ele também rapidamente tirou a calça, deitou de bruços no tapete e me sentou em cima dele, enfiando todo seu pau bem fundo em mim, para alegria dos demais que não paravam de comemorar. Os outros dois garotos com quem eu estava desde o início começaram a colocar o pau na minha boca, se revezando, eu os agarrei e chupei, enquanto o outro garoto me fodia ao seu gosto.

Quando eu vim contar a ele, todos os meninos já estavam completamente nus e se revezavam para agarrar seus paus e chupá-los, então todos se revezavam para receber o pau dele chupado.

Depois eles se revezaram me fazendo sentar em cima deles e colocar seu pau em mim, foi assim que todos foram. Eu nunca soube ao certo se foram 6, 8 ou 10 caras que me deram pau naquele dia. O importante é que eu me divirto muito e é claro que eles também.

Deixei-me ser fodido por todos em todas as posições que pudessem imaginar, revezando-me para me foder. Houve momentos incríveis em que eles me penetraram dois a dois, um pela frente e outro por trás e depois se revezaram para que fosse a vez de todos.

Ficamos um bom tempo assim, pega e pega, não lembro quantas vezes vim, mas lembro que gostei como nunca.

Por fim, colocaram-me de joelhos no centro e quase ao mesmo tempo, todos gozaram na minha boca, no meu rosto, nas minhas mamas, no meu cabelo, onde quer que tocassem. Foi uma experiência maravilhosa, a primeira vez que participei numa orgia, e a verdade é... adorei.

Claro que esses encontros se repetiam diversas vezes, às vezes traziam uma menina ou outra para animar mais o encontro, mas geralmente eram todos homens.

INFIDELIDADE COM MADURO

Desde pequena sempre fantasiei com a ideia de que um dia, quando fosse casada, trairia meu marido com algum estranho.

Essa ideia sempre me perseguiu desde que eu era solteiro.

Agora que estou casado, inesperadamente essas ideias começaram a ocupar meus pensamentos com cada vez mais frequência.

Fantasiava me imaginar transando com um estranho e às vezes até me masturbava imaginando como seria aquela aventura.

Percebi que já me tornei uma garota com muito tesão, talvez sempre tenha sido, mas agora pareço ter isso mais em mente e a ideia de foder alguém que não seja meu marido me deixa extremamente excitada, a ponto de me molhar apenas pensando nessas situações.

Sempre fantasiei sobre isso, mas agora que estava começando a ficar mais real, meio que me deixou um pouco nervoso e me excitou mais do que o necessário.

Então um dia, de brincadeira, resolvi começar a colocar anúncios em páginas discretas para adultos, daquelas em que meninas se oferecem para homens. No momento tudo isso me pareceu divertido, tesão e me masturbei com a ideia de que um dia iria foder algum estranho.

O problema começou quando alguém respondeu a um dos meus anúncios. Eu não esperava por isso, sei que fantasiava com essa ideia todos os dias, mas agora, de repente, tinha um estranho me escrevendo dizendo que queria foder comigo, que tinha adorado minhas fotos e que se eu quisesse nós poderiam se reunir o mais rápido possível.

A verdade é que me assustou, imaginar-se na cama com outro homem não é a mesma coisa que pular em cima dele na realidade, isso me deixou extremamente nervosa.

Então não respondi nada. Fiquei calmo e quase esqueci, quando de repente comecei a receber mais notificações de resposta a vários dos meus anúncios.

Isso foi realmente surpreendente.

Vários homens desconhecidos queriam me foder.

Antes eram apenas fantasias minhas, mas agora se abriu para mim a oportunidade de fazer acontecer, não com apenas um, mas com quem eu quisesse, isso me deixou muito inquieta mas também com muito tesão. Tive a oportunidade de foder quem eu quisesse e tudo que tive que fazer foi aceitar qualquer um deles.

Então comecei a verificar os perfis de alguns deles.

Um deles chamou minha atenção poderosamente.

Ele era um homem mais velho, com cerca de 65 anos.

Você sabe o quanto os homens maduros são meu delírio .

Então li o perfil dele com um pouco mais de atenção.

Se eu tivesse alguma dúvida em decidir se deveria sair com ele, quando li que ele pesava 23 cm, bom, não hesitei mais um momento.

Respondi imediatamente que estava interessado.

Ele pareceu surpreso porque mais tarde confessou que nunca imaginou que eu lhe responderia.

Então nos encontramos em um bairro distante do meu, peguei um táxi e cheguei no local do encontro.

Lá estava ele já, esperando ansiosamente. Então, sem mais perda de tempo, entrei no carro dele e seguimos para um motel próximo, algo bem discreto.

Como minha história é um pouco longa, vou apenas dizer que caralho, superamos todas as minhas expectativas.

Eu tinha chegado muito nervoso dada a situação, conhecer um estranho só para ele enfiar o pau em você, não foi nada, claro além de estar nervoso, eu estava super excitado e com super tesão.

Por fim, tudo correu maravilhosamente bem, combinamos de nos encontrar em outras ocasiões e assim o fizemos.

Agora, depois daquela experiência incrível, fiquei mais tranquilo, pude pensar melhor e definitivamente decidi que havia tomado uma excelente decisão, tendo realizado minhas fantasias.

Com essa experiência, meio que me permiti planejar melhor as coisas e aos poucos comecei a aceitar os convites que chegavam de estranhos.

Com total controle, decidi quem sim e quem não.

Então comecei a aceitar convites apenas de homens mais velhos.

Chegou o momento em que pensei que tinha me tornado não apenas uma verdadeira prostituta infiel e comedora, mas entendi claramente que na verdade era uma ninfomaníaca.

Eu precisava cada vez mais do pau de um estranho. Chegou o momento em que eu estava transando quase diariamente, isso estava fora de qualquer fantasia que eu já tivesse tido.

No entanto, comecei a ficar seriamente preocupado quando comecei a sentir necessidade não de apenas um galo, mas de dois, ou três, se possível.

Então comecei a espaçar encontros com simples estranhos e assumi a tarefa de angariar parceiros, mesmo que eles não se conhecessem.

Meu anúncio dizia algo assim:

Jovem casada insatisfeita disponível, procura dois senhores maduros.

Para minha surpresa. As respostas chegaram às centenas quase desde o dia do anúncio.

Então assumi a tarefa de escolher entre os candidatos.

Fiquei extremamente entusiasmado com os perfis de dois homens maduros que já eram mais velhos, diziam ter entre 70 e 75 anos mas muito bem dotados ufff.

Eu respondi imediatamente e nos encontramos para nosso primeiro encontro.

Escusado será dizer que foi uma experiência maravilhosa foder com aquele casal.

Eles me deram pau por quase 4 horas, chupei os dois divinamente, eles me foderam e me pegaram ao gosto deles e do meu claro, o mais incrível e maravilhoso foi quando me deram pela frente e por trás no mesmo tempo.

Foi uma experiência incrível, que, claro, repetimos em diversas ocasiões.

Foi assim que transcorreu minha excitante vida sexual entre pares de paus, da qual desfrutei de uma forma incrível. Adorei a ideia de ter me tornado uma prostituta ninfomaníaca infiel.

Esse único pensamento me excitou tremendamente, mas não me masturbei mais, simplesmente peguei o telefone. E pronto!!!

FIM